AF337143

RÉCIT COMPLET

DU

SÉJOUR A GRENOBLE

DE

LEURS MAJESTÉS IMPÉRIALES

Pendant les journées des 5, 6 et 7 septembre 1860.

A GRENOBLE,

Chez Baratier frères et fils, imprimeurs libraires.

1860.

GRENOBLE, IMPRIMERIE DE A. BARATIER. 10960.

VOYAGE

DE

LEURS MAJESTÉS IMPÉRIALES.

Arrivée, séjour et départ de Grenoble.

Journée du 5 septembre 1860.

Il est midi. Le temps est frais et beau, et tout concourt à favoriser cette magnifique journée si impatiemment attendue par les populations. Notre patriotique cité dauphinoise s'est brillamment transformée pour recevoir dignement les hôtes augustes qui vont la visiter et présente dès le matin une animation sans égale. Des décorations variées, élégantes et riches, créées par les soins de l'édilité ou l'élan des habitants eux-mêmes, ornent les rues, les quais et les places. De toutes parts s'élèvent des mâts vénitiens, re-

liés les uns aux autres par des guirlandes de
verdure, ornés dans beaucoup d'endroits de
ganses et de glands d'or, et surmontés partout de flammes élégantes, aux couleurs vives
et brillantes, qui ondulent légèrement dans
l'air. La flèche élevée de Saint-André, qui
s'aperçoit au loin, est pavoisée jusqu'au pied
de la croix. Les maisons, les fenêtres sont
ornées de drapeaux jusque dans les mansar-
des ; des transparents, des inscriptions en
l'honneur de Leurs Majestés expriment les
sentiments napoléoniens les plus énergiques
et les plus chaleureux.

Mais ce qui surpasse tous ces hommages
expressifs traduits à l'aide des mille ressour-
ces de l'art et de l'industrie, c'est l'immense
mouvement des habitants de la ville, c'est
cette innombrable multitude accourue de la
vallée ou descendue des montagnes, qui en-
combre la cité et remplit les rues de ses flots
vivants, émus, animés ; ce sont ces nom-
breuses compagnies de sapeurs-pompiers arrivées de plus de dix lieues à la ronde et cam-
pées militairement sur la place d'Armes, qui
est couverte de tentes ; ces médaillés de Sainte-
Hélène, ces vétérans du premier Empire, qui
semblent avoir rajeuni et retrouvé, pour fêter
ce grand jour, toute l'énergie de leur jeunesse.
Depuis deux jours déjà, chaque convoi du

chemin de fer nous apportait un véritable débordement de voyageurs ; mais pendant la matinée d'aujourd'hui, toutes les voies de communication, toutes les routes sont devenues comme autant de canaux qui déversent la foule dans nos murs ; en quelques heures, la population s'est triplée, et près de cent mille âmes se pressent dans l'enceinte trop étroite de nos remparts. Les quartiers surtout où doit passer le cortége impérial présentent un aspect saisissant. Non-seulement les balcons, les croisées regorgent de monde, mais on a suppléé dans maints endroits au défaut d'espace par mille ingénieux procédés, improvisé des estrades dont les places se sont louées à des prix fous, utilisé les arbres, les monuments pour monter dessus et assister au cortége. La longue rue de Saint-Laurent présente, sous ce rapport, un coup d'œil unique. On voit des drapeaux à toutes les fenêtres, à tous les étages des maisons. La plupart des femmes, même celles qui arrivent du dehors, rivalisent de luxe, et chaque famille, jusque chez le plus pauvre artisan, a pris des habits de fête. Tout, jusqu'à l'attente fiévreuse, l'impatience publique, trahit le désir véhément de la foule de recevoir ses souverains aimés, d'acclamer cet Empereur qui a élevé si haut le drapeau de la France, cette Impératrice qui est l'ange tutélaire des malheureux.

M. le baron Massy, préfet de l'Isère, est parti la veille au soir pour aller recevoir Leurs Majestés à la limite du département sur la frontière du département de la Savoie. A une heure, M. le général Bourbaki, suivi d'un double détachement de lanciers et d'artilleurs à cheval, se rend au-devant du cortége impérial. A une heure et demie, S. Exc. M. le maréchal de Castellane, arrivé de Lyon, monte en voiture et se rend à la rencontre du cortége. A deux heures, M. le maire de Grenoble, accompagné du conseil municipal et escorté par la compagnie de sapeurs pompiers de Grenoble, que suivent celles de Vizille, de Voiron, et d'un grand nombre d'autres communes, quitte l'Hôtel de Ville et se dirige par la rue et la porte Saint-Laurent, vers l'entrée du territoire de la ville, où un arc de triomphe qui forme un gigantesque portique romain à double façade, s'élève jusqu'au niveau du sommet des beaux tilleuls qui bordent l'Isère. Les deux côtés du monument sont soutenus par d'immenses colonnes d'ordre composite. Sur chaque façade on lit ces mots écrits en lettres capitales : « *A Leurs Majestés Impériales* » que dominent les armes de l'Empire. Le cintre du portique faisant face à la Savoie et à la chaîne des Alpes, porte celles de la ville protégées par deux gloires tenant des palmes. Au-dessus de l'entablement, un aigle colossal déploie sa vaste envergure. Tout cet ensemble s'encadre merveilleusement dans l'admirable paysage que présente l'aspect de Grenoble, quand on arrive par la route de la vallée. Une perspective habilement ménagée à travers la voûte de l'arc de triomphe, et qui permet d'apercevoir les cîmes des montagnes du Drac, ajoute encore au prestige du tableau. Une foule compacte, que l'escorte chargée de garder les abords libres a bien de la peine à contenir sur les deux côtés de la route, s'est réunie là depuis le matin et ne cesse de grossir. Plusieurs dignitaires du département, M. de Barral, sénateur ; MM. Arnaud, Faugier, de Mépieu et de Voize, députés de l'Isère ; M. Royer, premier président ; M. Bonafous, procureur général; M. le recteur de l'académie, M. l'ingénieur en chef, MM. les sous-préfets du département, M. le président du tribunal et M. le procureur impérial viennent se joindre au corps municipal.

Tout à coup un long frémissement parcourt les rangs de la foule avancée sur la route ; c'est que les cris qui retentissent dans la vallée et le canon qui commence à gronder des hauteurs de Rabot annoncent l'approche du cortége impérial. Bientôt on voit apparaître l'avant-garde composée de gendarmes, de lanciers et d'artilleurs, les cent-gardes et les piqueurs de la maison impériale, et aussitôt après la voiture de Leurs Majestés. A la vue de l'Empereur et de l'Impératrice, une immense acclamation s'échappe de toutes les poitrines et les cris de *Vive l'Empereur ! vive l'Impératrice ! vive le Prince Impérial !* retentissent longtemps avec force. Leurs Majestés paraissent sensibles à cet accueil enthousiaste et saluent avec bienveillance. L'Empereur n'a pas changé depuis son passage à Grenoble en 1852. Il semble n'avoir pas pris une année et on retrouve toujours en lui cette expression de bonté, cette physionomie à la fois énergique et calme, ce regard doux et puissant qui avait si vivement impressionné notre population. Tout le monde est frappé de la grâce, de la distinction exquise et de la simplicité charmante de l'Impératrice. On entend de tous côtés dans la foule enchantée : Ah ! c'est bien là, Celle que nous avions rêvée !

Lorsque la voiture impériale s'est arrêtée, M. Gaillard, maire de Grenoble s'approche de Leurs Majestés et après Leur avoir présenté les clefs de la ville que portent les mandeurs sur des coussins de velours pourpre, il prononce les paroles suivantes :

Sire,

C'est avec un sentiment mêlé d'admiration, de bonheur et de reconnaissance, que les habitants de votre bonne ville de Grenoble accourent au-devant de Votre Majesté.

Leur dévouement au nom immortel que vous portez, était l'une de leurs traditions les plus chères avant que les grandes choses de votre règne lui eussent donné une consécration nouvelle.

Que de faits éclatants accomplis aujourd'hui !

Notre pays élevé au rang qui lui appartient parmi les nations, l'autorité publique s'affermissant par la sagesse et la loyauté de son exercice, la promptitude dans l'action, la modération dans la force, la pensée de la paix triomphant des enivrements de la victoire, nos cités transformées comme par enchantement, les sciences, les arts, le commerce, l'agriculture fécondés à l'envi par une impulsion non moins active qu'éclairée, les classes laborieuses entourées d'une incessante sollicitude, enfin nos intérêts religieux placés sous la double protection des respects et de l'épée de la France : voilà, Sire, ce que nous vous devons ; voilà l'ère de prospérité que vos glorieuses mains ont ouverte à cette France qui vous a confié son avenir !

La patriotique population au nom de laquelle nous déposons aux pieds de Votre Majesté les clefs de notre ville, s'est fait une large part dans la dette de tous. Que ses acclamations, devançant le jugement de l'histoire, vous garantissent, Sire, le succès de vos efforts et en soient à la fois le gage et la récompense !

Madame,

La ville de Grenoble est heureuse et fière de recevoir dans ses murs la gracieuse et noble Souveraine qui adoucit à notre Empereur le poids de sa mission providentielle, la protectrice des infortunés, la mère du jeune Prince, aujourd'hui l'espoir, et plus tard l'orgueil de la patrie.

Sire,

Madame,

Nous réunissons dans un même vœu les trois augustes destinées que nous confondons dans un même amour.

Puisse Dieu les couvrir d'une protection commune !

Vive l'Empereur !
Vive l'Impératrice !
Vive le Prince Impérial !

Les mêmes acclamations qui avaient salué l'arrivée de Leurs Majestés recommencent après le discours de M. Gaillard.

L'Empereur répond avec bonté qu'il est touché de l'accueil sympathique qu'il reçoit, et il remercie M. le maire de Grenoble des paroles qu'il vient d'exprimer au nom d'une ville,' dit Sa Majesté, dont les sentiments patriotiques, traditionnels et dévoués pour sa race lui sont connus.

Une nouvelle explosion de cris enthousiastes éclate avec encore plus d'énergie et se prolonge longtemps après que la voiture de Leurs Majestés a traversé l'arc de triomphe. Le cortége impérial marche dans l'ordre suivant : un premier détachement de cent-gardes, dont le magnifique costume et l'armure éclatante provoque une admiration générale. Deux piqueurs à cheval, en grande tenue, précèdent les voitures du cortége, conduites à la Daumont par des jockeys en livrée vert et or.

Dans la voiture impériale sont Leurs Majestés, M. le maréchal comte de Castellane et M. le général d'artillerie Lebœuf.

Dans la seconde voiture : Mme de Sancy et Mme la comtesse de Reyneval, dames d'honneur de l'Impératrice, M. le général de division Frossard et M. le général Fleury, premier écuyer et aide de camp de l'Empereur.

Dans la troisième voiture : Mme la comtesse de la Poëze, dame d'honneur de l'Impératrice, M. le vicomte de Laferrière, chambellan de l'Empereur, M. le docteur Conneau, d'infanterie, et les grandes plumes par des lames de sabre de cavalerie. Le corps de l'oiseau impérial est tressé avec des gourmettes, et la tête avec des rosettes de batteries et des pièces diverses ; une couronne du même style complète ce chef d'œuvre d'art.

Les cris de *vive l'Empereur! vive l'Impératrice! vive le Prince Impérial!* prennent une nouvelle intensité devant l'arsenal. Mais un touchant spectacle se présente à la vue de Leurs Majestés lorsque la voiture impériale a franchi les deux arcs de triomphe. Sur la façade de l'hospice, on a dressé, à la hauteur d'un premier étage, une immense terrasse, brillamment décorée des couleurs nationales, où toute l'intéressante population de ce vaste établissement, les vieillards pensionnaires, hommes et femmes, les convalescents, les valétudinaires en état de quitter momentanément les salles, se pressent en masse pour acclamer et bénir leurs augustes souverains, dont ils savent la bonté généreuse, dont ils connaissent la sollicitude dévouée pour ceux qui souffrent. Ni l'âge, ni l'infirmité ne peuvent les empêcher de se livrer à une démonstration enthousiaste au passage de Leurs Majestés, qui en paraissent impressionnées et saluent ces pauvres gens avec autant de bienveillance que de cordialité.

Dans toute la rue Montorge, entièrement garnie de guirlandes, de feuillages et de drapeaux; sur la place Grenette, splendidement ornée, la place Pierre-Pontée, dans la rue Neuve, où une magnifique décoration a été élevée par le Lycée impérial; dans les rues Saint-Vincent-de-Paul, Servan et Très-Cloîtres, sur tout le chemin parcouru par le cortége avant d'arriver à la cathédrale, les mêmes acclamations suivent Leurs Majestés.

La place Notre-Dame présente un spectacle véritablement imposant. La façade de l'antique cathédrale a été disposée d'une manière toute spéciale pour cette mémorable circonstance. La partie supérieure de l'ornementation se compose d'une crête de velours rouge aux franges d'or, enrichi des chiffres couronnés de Leurs Majestés Impériales. Immédiatement au-dessous, se trouve un immense *velum* de couleur verte, parsemé d'abeilles, sur lequel on lit en lettres d'or : *Dieu protége la France, l'Empereur, l'Impératrice et le Prince Impérial!* et dont les plis inférieurs découvrent le portique roman de l'édifice. Les cintres de la voûte sont ornés de roses héraldiques qui figurent dans les armes du Dauphiné, et les pleins au-dessus des voûtes portent de chaque côté le chiffre de l'Evêché de Grenoble, un dauphin enlaçant une croix. Les armes de l'Empire se jesté des susceptibilités jalouses ou des passions révolutionnaires, nous le disons avec confiance : ceux que l'épée de la France venge et protége seront désormais à l'abri de toute crainte, et celui qu'elle garde sera bien gardé.

Madame ,

Jouissez aussi, jouissez longtemps de cette puissance et de cette gloire ; non que je borne les vues de Votre Majesté aux satisfactions bien légitimes d'ailleurs qu'éveillent dans le cœur des princes la possession respectée du pouvoir suprême et les acclamations reconnaissantes des peuples. Assise sur le plus beau trône de l'univers, vous savez porter plus haut, Madame, vos pensées et vos aspirations ; vous estimez surtout de la souveraineté le privilège qu'elle donne de faire plus généreusement le bien, et vous aimez à en tempérer l'éclat par la majesté sereine d'une bonté douce et d'une piété bienveillante. En parcourant cette province pacifiquement reconquise et immuablement rendue à la France, vous avez voulu payer un tribut pieux aux restes vénérés du saint évêque dont l'esprit fut si aimable et le cœur si doux et si français. Votre Majesté lui a dit ses vœux de souveraine, d'épouse et de mère. Ces mêmes vœux, Sire, Madame, nous allons les déposer avec Vos Majestés aux pieds de Dieu, dans cette vieille basilique où la voix de François de Sales se fit si souvent entendre, et où il nous semble que sous sa protection bénie, ils seront plus sûrement exaucés.

L'Empereur répond par quelques paroles pleines de bienveillance à Mgr l'Evêque, et lui dit que son premier soin, en arrivant dans une ville, est de se rendre à l'église pour remercier Dieu de la protection qu'il accorde à la France et lui demander de la continuer.

Leurs Majestés accompagnées de tout le clergé pénètrent ensuite dans la grande nef, et s'avancent sous le dais porté par les quatre plus anciens chanoines jusqu'aux trônes qui Leur ont été préparés sur une estrade placée à l'entrée du chœur. La cérémonie religieuse commence aussitôt et tout le monde remarque le recueillement de Leurs Majestés, l'attitude de douce et profonde piété de l'Impératrice.

A l'intérieur de la cathédrale, la grande nef a été complétement ornée et présente un coup d'œil aussi riche que grandiose. Chaque pilier et chaque colonne sont revêtus de tentures de trois espèces différentes. La partie inférieure est garnie de pourpre, le milieu gros-vert parsemé d'abeilles, sur lequel se détachent des aigles d'or, le haut de bleu azur étoilé d'or et symbolisant ainsi la région séraphique. Au sommet de la voûte de la nef flottent des oriflammes pourpres, vertes, bleues et tricolores. Devant chaque tribune, on a dressé des faisceaux de drapeaux aux couleurs nationales, reliant dans leurs dispositions artistiques les initiales couronnées de Leurs Majestés. Le cintre des arcades est garni de croix grecques en or, ressortant en relief sur un fond rouge. Les prie-Dieu de Leurs Majestés sont en velours pourpre et or. Au-dessus de l'estrade sur laquelle ils sont placés s'élève un immense dais formé de huit oriflammes aux torsades et aux glands d'or, dont quatre vertes descendant jusqu'à la hauteur des tribunes, et quatre pourpres arrivant jusqu'aux stalles du chœur. Élégamment relevées par le milieu, ces quatre dernières forment un dôme éclatant, au centre duquel est suspendue la couronne impériale. Le chevet de l'église est également tendu de gros-vert, bleu et or, et décoré d'oriflammes.

Après l'office divin, Leurs Majestés sortent de la cathédrale avec le même cérémonial qu'à l'entrée. Lorsque le cortége reprend sa marche pour se rendre à la préfecture, les cris de *vive l'Empereur! vive l'Impératrice! vive le Prince Impérial!* éclatent avec une intensité toujours croissante et ne cessent plus pendant toute la longueur de la rue Brocherie et de la rue du Palais, dont les habitants ont rivalisé de zèle pour orner leurs maisons. La place aux Herbes ressemble à un bosquet de verdure et de fleurs. A l'entrée de la place Saint-André, les acclamations prennent un tel caractère d'énergie, que l'Empereur en est visiblement ému. Il se lève debout dans sa calèche et salue la foule avec une bienveillance marquée. L'Impératrice paraît heureuse de cette démonstration toute populaire.

A la préfecture, Leurs Majestés sont introduites dans leurs appartements par M. le baron et Mme la baronne Massy. A peine sont-elles parvenues sous le vestibule, qu'un essaim de charmantes jeunes filles appartetenant aux premières familles de la ville, vêtues de robes blanches avec des écharpes mauves, s'approchent de l'Impératrice et offrent à Sa Majesté une corbeille de fleurs que portent Mlle Royer, fille de M. le premier président de la Cour impériale, et Mlle Massy, fille de M. le préfet de l'Isère. Cette corbeille, d'un goût exquis, est en satin blanc relevé d'or. En la présentant, Mlle Royer adresse à Sa Majesté les paroles suivantes :

Madame ,

C'est avec une douce et respectueuse émotion, que les jeunes filles de Grenoble viennent déposer aux pieds de leur auguste Souveraine l'hommage de leur amour et de leur admiration, et lui offrir ces fleurs, symbole de leurs sentiments.

Toutes, nous avons su de bonne heure qu'avec Votre Majesté se sont assises sur le trône impérial la grâce, la bonté, la bienfaisance.

Heureuses autant que fières en ce jour, dont nous garderons un précieux souvenir, nous joignons nos acclamations à celles qui accueillent partout Votre Majesté, et c'est du plus profond de nos cœurs que nous prions le ciel de nous faire vivre longtemps sous un sceptre si glorieux et si doux.

Vive l'Impératrice !
Vive l'Empereur !
Vive le Prince Impérial !

Après ces paroles, l'Impératrice s'avance vers Mlle Royer, la remercie et l'embrasse avec une émotion qu'elle ne cherche pas à cacher.

Quatre autres jeunes personnes, filles d'honorables fabricants de ganterie, MM^lles Francoz, Xavier Jouvin, Moricand et Calvat, s'approchent à leur tour de Sa Majesté et lui font hommage de deux corbeilles également riches, en satin blanc et lilas, ornées du chiffre en or de Sa Majesté et contenant chacune vingt-cinq douzaines de paires de gants, d'une finesse et d'un travail irréprochables, brodées d'or et d'argent, véritable chef-d'œuvre de notre principale industrie locale. Mlle Francoz en les remettant, adresse à Sa Majesté ce compliment :

Madame,

Rassurées par votre bonté, nous inscrivons parmi les plus beaux jours de notre vie, celui qui nous procure le bonheur de jouir de votre présence, et d'offrir à Votre auguste Majesté un hommage de la principale industrie de notre ville. Nous ne séparons pas notre amour pour vous de celui que nous portons à ce noble enfant que vous élevez pour le bonheur de la patrie. Nous faisons les vœux les plus ardents pour la conservation de la famille impériale.

Vive l'Impératrice!
Vive l'Empereur!
Vive le Prince Impérial!

L'Impératrice embrasse Mlle Francoz et se montre également très-sensible à l'offre de ce don, qu'elle accueille avec une bienveillance et un sentiment de plaisir qui impressionne vivement toutes ces jeunes filles.

L'Empereur et l'Impératrice se rendent ensuite, pour la réception officielle, dans la salle du trône, qui a été disposée dans le salon grec, somptueusement décoré, et dans laquelle on remarque sur une estrade deux magnifiques fauteuils en velours pourpre dont le dossier est surmonté d'aigles d'or. Leurs

Majestés se tiennent debout pendant les présentations, qui commencent par celle des dames de la ville, que Mme la baronne Massy présente et nomme successivement à Leurs Majestés.

L'Empereur porte le costume de général de division. L'Impératrice a une mise d'une élégance parfaite et d'une délicieuse simplicité ; une robe de soie lilas et blanche, un chapeau de paille blanc et lilas, et une mantille noire.

La réception des autorités militaires et civiles a lieu ensuite. Elle s'effectue suivant l'ordre indiqué par le cérémonial. M. le général commandant la division et son état-major, la Cour impériale, le Conseil du département, M. le général commandant la subdivision et son état-major, Mgr l'évêque de Grenoble et son clergé, le consistoire protestant, M. le secrétaire général de la préfecture, le conseil de préfecture, les sous-préfets du département, M. le recteur, les inspecteurs et le conseil académique sont tour à tour présentés à Leurs Majestés. Viennent ensuite les autres corps constitués, les tribunaux civils et de commerce, le corps municipal, les commissaires de police, les administrations financières et civiles, etc. Pendant le cours de cette cérémonie, des paroles de félicitation et de dévouement sont adressées à Leurs Majestés par les principaux chefs de corps. M. Faugier, président du conseil général, s'exprime en ces termes :

Sire,

Le conseil général de l'Isère, réuni en session, est heureux d'offrir à Votre Majesté l'hommage de son dévouement et de sa reconnaissante fidélité.

Notre Dauphiné, il y a huit ans, fut le premier à vous saluer du cri de *vive l'Empereur!* C'était tout à la fois un souvenir resté fidèle et une ardente espérance. Depuis lors, grâce à Dieu, l'Empire est devenu une grande et splendide réalité.

Le Dauphiné, Sire, aime les Napoléon comme il aime la gloire. Il se passionne pour tout ce qui fait la grandeur et la prospérité de la France.

La Savoie voulait redevenir française; nous l'appelions de nos vœux, l'Empereur nous l'a rendue. Et désormais en contemplant les cîmes majestueuses des Alpes, les habitants de l'Isère surtout, peuvent dire avec joie et orgueil :

La France est remontée jusque-là!

Madame,

Soyez bénie pour vos gracieuses vertus.

La Dynastie napoléonienne doit sa force et sa puissance au génie, à la sagesse de l'Empereur. Elle doit à l'inépuisable bienfaisance de Votre Majesté, son plus séduisant prestige.

Sire,

Madame,

Permettez que, traversant l'espace, notre pensée se porte sur le Prince Impérial; nous demandons à Dieu de lui donner de longs jours. Il est pour Vos Majestés le bonheur le plus doux de la famille. Il est pour tout français l'espoir le plus cher de l'avenir.

Vive l'Empereur!
Vive l'Impératrice!
Vive le Prince Impérial!

L'Empereur prend la parole et répond qu'il est très-touché des sentiments qui viennent de lui être exprimés au nom du Conseil général. Il n'a pas oublié l'accueil qu'on lui a fait en 1852 à Grenoble et dans le département. L'Empereur ajoute qu'il est très-attaché aux populations de l'Isère et il charge les membres du Conseil général de leur en transmettre l'assurance. Sa Majesté invite ensuite M. le président à lui présenter nominalement chacun des membres du Conseil général.

Les réceptions officielles terminées, Leurs Majestés, pour céder au vœu manifesté par le public réuni en quantité immense sur la Terrasse et dans le Jardin de Ville, vont faire une promenade au milieu du parterre du jardin de la préfecture , admirablement disposé , du reste, et qui présente un coup d'œil magique. L'Empereur donne le bras à l'Impératrice. A la vue de Leurs Majestés, se prêtant si complaisamment au désir que cette foule énorme a de les voir et de Leur témoigner sa respectueuse affection, un mouvement électrique d'enthousiasme se fait sentir. Pendant toute la promenade de l'Empereur et de l'Impératrice, de chaleureux vivats, auxquels se mêlent avec la plus grande énergie les cris de *vive le Prince impérial !* retentissent sans interruption.

A sept heures, un grand dîner est offert par l'Empereur aux personnes de sa Cour et aux principaux dignitaires du département. Pendant le repas, la foule ne cesse d'encombrer les abords de la préfecture et de manifester ses sentiments pour les hôtes augustes que la Cité possède au milieu d'elle. Mais tous les témoignages d'admiration et de sympathie donnés à Leurs Majestés sont encore dépassés par l'explosion formidable de cris enthousiastes qui éclatent lorsque l'Empereur, en grand costume de général de division, et l'Impératrice, en grand costume de cour, se sont rendus de leurs appartements, par la place Saint-André, dans une des salles du Palais de Justice, pour assister au feu d'artifice. Au passage, comme au retour de Leurs Majestés, c'est un véritable transport.

Journée du 6 septembre.

Nous avons dit l'accueil enthousiaste fait à Leurs Majestés pendant la journée du 5. Celle du 6 a été marquée par un élan encore plus énergique de la part des populations. La foule déjà si grande mercredi, s'était encore augmentée et toutes les rues regorgeaient de monde. La ville était sillonnée en tout sens par les membres des députations des communes, des sapeurs-pompiers, les médaillés de Sainte-Hélène, les anciens militaires. On n'entendait que fanfares et roulements de tambours. C'était dans toute la cité une animation sans égale, surexcitée encore par les souvenirs de la veille. Il était facile de prévoir, aux propos qui s'entendaient partout dans la foule, que cette seconde journée ne serait qu'une perpétuelle ovation. C'est en effet ce qui a eu lieu.

Pendant la matinée, l'Empereur, accompagné de M. le préfet de l'Isère, qui n'a pas quitté Sa Majesté durant toute cette journée, a été visiter les casernes de Bonne où Il a laissé des marques de sa haute munificence, les constructions de l'Ecole d'artillerie, les terrains acquis pour la construction du nouvel hôtel de préfecture, ceux qui sont proposés pour la construction de l'hôtel de la division militaire et les travaux commencés sur l'emplacement consacré aux nouvelles casernes d'artillerie. Quoique la population n'eût pas été prévenue de la présence de l'Empereur dans les différents quartiers qu'Il a parcourus, d'énormes groupes se formaient sur son passage avec une rapidité sans exemple sur tous les points où s'arrêtait Sa Majesté, et l'acclamaient avec autant de joie que de sympathie.

Pendant que l'Empereur parcourait la ville neuve, Sa Majesté l'Impératrice, accompagnée de deux dames d'honneur et de M. le marquis de Lagrange, son écuyer, est allée, à dix heures, visiter la salle d'asile de St-Laurent, dirigée par Mlles Kœnig. La population, en rangs serrés, s'était portée sur son passage pour La saluer des plus chaleureuses et des plus sympathiques acclamations. Mgr l'Evêque de Grenoble, M. le Recteur de l'Académie, M. le Maire de Grenoble, les inspecteurs de l'Académie et des écoles primaires, les curés de plusieurs paroisses et les dames patronesses étaient réunies dans la grande salle de l'établissement.

M. le Maire de Grenoble, accompagné des

directrices, attendait Sa Majesté à l'entrée de la cour de l'asile, où les dames patronesses s'étaient rangées de chaque côté. Des vivats unanimes, répétés avec bonheur par les enfants, ont accueilli la présence de Sa Majesté. A son arrivée dans la salle de réception, Mlle Hézard, inspectrice, Lui a adressé un discours de félicitation. L'Impératrice a remercié Mlle Hézard par quelques paroles d'une affabilité charmante. Les acclamations ont alors retenti avec une nouvelle force. Sa Majesté s'est informée avec beaucoup de soin des différents détails de cet établissement, et Elle a exprimé à plusieurs reprises aux directrices sa satisfaction de la bonne tenue de l'asile.

Un chœur chanté par les enfants en l'honneur de Sa Majesté a été écouté avec une attention pleine de bienveillance par l'Impératrice, qui semblait heureuse de se trouver au milieu de ces petits êtres. Quant à eux, fiers et ravis de voir de si près leur auguste protectrice, ils ne La quittaient pas des yeux et ne pouvaient se lasser de L'admirer et de témoigner leur joie par de bruyants vivats. Sa Majesté a gracieusement accepté deux jolies corbeilles de fleurs et un très-beau bouquet, que Lui ont successivement offert deux petits garçons et deux petites filles, en Lui adressant des compliments récités avec beaucoup de gentillesse. Sa Majesté s'est ensuite approchée d'une petite fille née le même jour que le Prince Impérial et a daigné l'embrasser. L'émotion s'est emparée de cette pauvre petite, à qui les larmes sont venues aux yeux. Sa Majesté s'en est aperçue et l'a embrassée une seconde fois avec une effusion charmante qui a fait naître une nouvelle explosion de cris de *vive l'Impératrice! vive le Prince Impérial!* Quelques instants après, Sa Majesté est partie, accompagnée des personnes de sa suite et de M. le maire de Grenoble, rejoindre l'Empereur à la Bibliothèque de la ville. A sa sortie de l'asile, les cris enthousiastes de la foule ont repris avec une constante énergie.

A la bibliothèque, l'Empereur et l'Impératrice, accompagnés de M. le Préfet de l'Isère et de M. le maire de Grenoble, ont parcouru successivement les différentes salles de cet établissement. Leurs Majestés se sont fait présenter par M. le bibliothécaire de la ville plusieurs manuscrits anciens, parmi lesquels se trouvent le livre d'Heures de Claude Expilly et plusieurs autres ouvrages remarquables et rares, que l'Impératrice a examinés avec la plus grande attention. L'Empereur s'est informé du nombre et de l'importance des inscriptions romaines qui existent à Grenoble. De la bibliothèque, Leurs Majestés se sont rendues au musée de peinture, qu'Elles ont parcouru en détail. La salle des tableaux anciens a particulièrement attiré l'attention des augustes visiteurs. L'Empereur et l'Impératrice ont admiré plusieurs des remarquables toiles que cette salle renferme, et les observations de Leurs Majestés sur les tableaux qui Les ont le plus frappées attestent chez Elles une connaissance approfondie et un sentiment élevé de l'art.

A deux heures précises, l'Empereur monte à cheval dans la cour de la préfecture pour se rendre au Polygone, dont la vaste plaine doit être le théâtre de cette revue où va éclater un enthousiasme que l'imagination serait impuissante à se figurer. Sa Majesté est accompagnée de M. le maréchal de Castellane, de M. le préfet de l'Isère, des généraux Lebœuf, de Frossard et Fleury, et des autres officiers de sa suite. L'escorte est formée par les cent-gardes. Au moment où l'Empereur commence à traverser la population qui s'est massée aux abords de la préfecture et sur les quais Napoléon et Créqui, les cris de *vive l'Empereur!* éclatent avec une force incroyable qui ne cesse de croître à mesure que Sa Majesté, qui manie avec une aisance merveilleuse son magnifique cheval, s'avance vers la porte Créqui. La foule devient aussi de plus en plus compacte et se porte avec entraînement à l'endroit désigné pour la revue. Tout le cours Saint-André, le cours Berriat et le nouveau chemin militaire sont garnis d'estrades encombrées de spectateurs, dont les acclamations retentissent sur le passage de Sa Majesté.

L'Empereur est attendu à l'entrée du Polygone par M. le général Bourbaki et l'état-major de la division. Le centre du Polygone est occupé par un immense carré que forment les troupes de la garnison de Grenoble, infanterie, artillerie, gendarmerie, pleines d'ardeur, disposées dans un ordre admirable, et commandées par M. le général Le Preudhomme de Fontenoy et M. le général Fiereck; les compagnies de sapeurs-pompiers de Grenoble, des villes et des communes voisines, présentant à elles seules un effectif de plus de quatre mille hommes; le bataillon des médaillés de Sainte-Hélène et des anciens militaires de l'Empire, qui ont assisté la veille à l'arrivée de Leurs Majestés et se montrent partout avec enthousiasme sur leur passage; les députations communales, en nombre incalculable, conduites par les maires, les conseils municipaux et précédées de drapeaux sur lesquels est inscrit le nom de chaque commune; les sociétés de secours mutuels de Grenoble et des communes environnantes également précédées de bannières portant leurs noms et leurs devises. A quelque distance et autour de cette masse énorme, se presse une population innombrable. Plus de soixante mille hommes sont là réunis, attendant, avec une émotion indescriptible, le glorieux vainqueur de Magenta et de Solferino, dans cette plaine magnifique qu'encaissent le Drac et l'Isère et qu'entoure un admirable paysage, borné par les chaînes des Alpes avec leurs cîmes gigantesques, leurs glaciers et leurs rochers à pic.

Au moment où l'Empereur arrive au Polygone, les clairons sonnent et les tambours battent au champ. Une immense acclamation, dont l'air est ébranlé, et à laquelle se joignent les cris de la foule, retentit d'un bout à l'autre des lignes. L'Empereur les parcourt au pas, et à chaque instant les mêmes vivats se reproduisent. Dix minutes après, ils recommencent avec une nouvelle force à la vue de S. M. l'Impératrice, qui arrive en calèche découverte, accompagnée d'une dame d'honneur. M. le marquis de Lagrange, écuyer de Sa Majesté, est à cheval à droite de la voiture, qui est suivie d'un détachement de lanciers. La toilette de l'Impératrice se compose d'une robe de soie grise, d'un châle de cachemire de l'Inde et d'un chapeau de crêpe bleu , garni de bluets.

Lorsque l'Empereur a fini de parcourir le front des lignes , Leurs Majestés se réunissent au milieu du carré formé par les troupes , devant un splendide trophée d'armes , représentant une tour d'une très-grande élévation. Ce trophée est formé de fascines , de canons , d'obusiers, de mortiers, de fusils de rempart, de boulets disposés avec un art remarquable. L'Empereur distribue alors plusieurs décorations militaires , et aussitôt après le défilé général a lieu devant Leurs Majestés. Dire les transports d'enthousiasme, les cris frénétiques de *Vive l'Empereur ! Vive l'Impératrice ! Vive le Prince Impérial !* qui ont éclaté à ce moment et qui ont continué à retentir avec une énergie incessante jusqu'à l'achèvement complet du défilé , serait chose impossible. La plume est impuissante à exprimer ces acclamations formidables, répétées par les échos des montagnes et poussées avec une telle force que , malgré l'énorme étendue de la distance, on les entendait des quais de Grenoble. Assurément, si jamais un souverain peut être payé de son dévouement au bien public , c'est dans de pareils moments. L'Empereur le sentait et sa noble physionomie exprimait une satisfac-

tion calme comme toujours, mais non dé-
guisée.

Leurs Majestés sont revenues de la revue
par la même route et dans le même ordre
qu'au départ, mais l'Empereur était accompagné de plus cette fois par les généraux de
la division et de la subdivision, le général
commandant l'artillerie, et tout l'état-major
de la place. Une foule énorme suit Leurs
Majestés et Leur fait une ovation continuelle.
Du polygone à la cour d'honneur de la Préfecture, ce n'est qu'un cri sans interruption.

La revue du Polygone a été suivie du dîner
de Leurs Majestés, et comme la veille, aussitôt le dîner achevé, des illuminations qui,
pendant les deux soirées du 5 et du 6,
ont été magnifiques et ont laissé de bien
loin, par le nombre, l'éclat et la variété,
tout ce que la ville avait fait jusqu'ici.
Dès la chute du jour, des milliers de fenêtres
ont commencé à se garnir de lanternes dia-
prées, à resplendir de feux divers, dont un
grand nombre étaient emblématiques, et de
devises lumineuses en l'honneur de Leurs
Majestés. Dans une foule d'endroits on remar-
quait des transparents portant les insignes de
l'Empire et des inscriptions contenant, les
unes, des formules d'acclamation, d'autres,
l'expression de vœux ardents pour la longue

durée de la dynastie napoléonienne ; quelques-unes, le texte de paroles mémorables prononcées en différentes circonstances par l'Empereur. Sur la maison des Frères de la doctrine chrétienne, à Saint-Laurent, brillamment illuminée sur toute la façade, on lisait en lettres étincelantes : « *Domine, salvum fac nostrum Imperatorem Napoleonem.* » Au lycée, dont la splendide décoration paraissait plus riche encore au milieu de l'éclat des lumières, on voyait briller ces paroles adressées par l'Empereur aux troupes expéditionnaires de Syrie, paroles mémorables qui sont allées droit au cœur de la France, et que celle-ci n'oubliera jamais : « Partout aujourd'hui où l'on voit passer le drapeau de la France, les nations savent qu'il y a une grande cause qui le précède, un grand peuple qui le suit. »

Parmi l'immense quantité d'illuminations particulières qu'on voyait briller de tous côtés, une des plus remarquables, et à coup sûr la plus somptueuse, était le splendide éclairage au gaz que M. le maire avait fait établir devant ses croisées, et qui figurait des triangles, des étoiles et des aigles de feu. Au nombre des monuments publics, le portail de la Cathédrale doit être cité comme un de ceux dont l'illumination variée, qui se mariait on ne peut mieux à la décoration monumentale que nous avons décrite jeudi , avait été disposée avec le plus de goût. Les quais et les places présentaient un spectacle éblouissant. Partout il s'y élevait des portiques où ces mots : *Vive l'Empereur ! vive l'Impératrice ! vive le Prince Impérial !* apparaissaient en caractères de feu. Au milieu du pont de pierre, un aigle de toute grandeur se dessinait en couleurs lumineuses. Un autre aigle de flammes couronnait le sommet de la Bastille, à cinq cents mètres au-dessus du sol. Sur la place Saint-André, la place de la Halle et la place Grenette , où devaient passer Leurs Majestés pour se rendre au bal de la ville , l'illumination avait pris un caractère encore plus somptueux , où chacune des nuances du prisme figurait brillamment.

Mais rien encore n'égalait comme effet l'ensemble du Jardin de Ville et du parterre de la préfecture , qui présentaient un coup d'œil féerique. Dans le bois du jardin , les arbres étaient reliés par des guirlandes de feux colorés , et de distance en distance , par des lustres formés également par des verres multicolores. Les grilles de l'allée des tilleuls avaient été décorées dans le même goût. L'illumination de la grande terrasse des marronniers était splendide et représentait des drapeaux ornés des initiales impériales , des ai-

gles , des portiques de dimensions considé-
rables. Dans le parterre réservé à Leurs Majestés , au milieu de chaque tapis de verdure ,
s'élevaient deux coupes élégantes qui , à l'aide
de la plus heureuse combinaison de verres co-
loriés , paraissaient former des fontaines jaillissantes d'une fraîcheur admirable et du plus
gracieux effet. Autour de ces deux fontaines ,
les arbustes et les fleurs semblaient s'être animés. Au centre des orangers on apercevait
des fruits brillants formés par de petits globes
ronds et lumineux , et les plantes du parterre
s'étaient aussi revêtues d'une foule de corolles
transparentes et répandant de charmantes
clartés.

A cette illumination , s'en joignait dans le
lointain, sur nos chaînes de montagnes , une
seconde d'un aspect encore plus caractérisé et
surtout plus imposant. Lorsque l'Empereur et
l'Impératrice ont assisté, mercredi, de la Cour
impériale, au feu d'artifice tiré sur l'Isère, Leurs
Majestés ont pu juger par l'étendue et le
nombre de ces feux de montagnes , dont on
apercevait à des distances énormes les lueurs
rougeâtres , de l'énergie et de l'unanimité des
sentiments impérialistes des Dauphinois. C'était
encore là une grande et belle manifestation ,
et une de celles qui n'appartient qu'à nos pays
alpestres de pouvoir produire. La quantité de

ces feux de joie, qui, vus de Grenoble, ressemblaient à de vastes incendies, était incalculable. Il y en avait non-seulement sur les premières et les secondes rampes des montagnes, mais jusque sur le Saint-Eynard, les monts de Saint-Nizier, les cîmes de Champ-Rousse et dans toute l'étendue de la ligne traversée par Napoléon Ier en 1815.

Le feu d'artifice, dont nous n'avons pu parler jeudi, méritait aussi une mention toute spéciale. Il a certainement surpassé, en beauté et en habileté d'exécution, ceux qui avaient été tirés précédemment. Bien que composé seulement, en dehors des bombes et des fusées, de quatre grandes pièces principales, il a été extrêmement remarquable dans chacun de ses détails, et les effets de lumière et de couleurs se produisaient avec un tel éclat à l'explosion des chandelles romaines, que toute la rivière et les maisons en étaient éclairées comme en plein jour, et que le plaisir et la surprise arrachaient à chaque moment des hurras à la foule compacte qui encombrait les quais et les hauteurs de Sainte-Marie et de Rabot. Les pièces principales figuraient des hexagones avec feux de couleurs, des soleils à double révolution d'une dimension très-forte et des fontaines jaillissantes de feux de couleurs. Avant le bouquet, qui a été splendide , on a vu apparaître les armes de l'Empereur en feux brillants qu'accompagnait une batterie de canons et des fusées à détonation.

A huit heures, devait avoir lieu le bal de la ville, pour lequel avaient été faits les plus brillants préparatifs. L'entrée de la salle de bal réservée à Leurs Majestés était protégée par une vaste marquise qui s'avançait sur la place de la Halle, en face de la voûte des Jacobins. Elle donnait accès dans une anti-chambre tendue de coutil rayé et festonné. Immédiatement après se trouvait la salle de service des cent-gardes , laquelle conduisait dans le salon de l'Empereur, d'où l'on pouvait descendre sur l'estrade construite pour la Cour dans la salle de bal. Le salon de l'Empereur était tendu de damas vert , garni de meubles de même étoffe et de glaces. Un second et vaste salon, en damas rouge, séparait celui de l'Empereur du boudoir de l'Impératrice , qui était éclairé d'un magnifique lustre et tendu de draperies gris-perle à rayures, parsemées de bouquets et de boutons de roses. La salle de ratraîchissements de la Cour représentait un bosquet de verdure et se trouvait séparée du salon de l'Empereur par la salle de service des cent-gardes. La tenture en était verte, surmontée d'un grillage de baguettes d'or, d'où sortaient des fleurs et de la verdure. Une table somptueusement servie, éclairée d'un élégant lustre, était dressée au milieu.

A l'intérieur de la salle, l'estrade sur laquelle était placé le trône de Leurs Majestés était tendue de velours cramoisi, et ornée, de chaque côté, de grandes glaces avec des portières de même velours frangé d'or, avec embrasses d'or. Au-dessus de l'estrade et du salon d'honneur, on voyait les armes impériales enlacées dans un faisceau de drapeaux. A l'autre extrémité de la salle, du côté de la rue Lafayette, les armes de la ville de Grenoble, trois roses rouges sur champ d'argent surmontées d'une tour également disposée dans un faisceau de drapeaux, dominaient l'orchestre placé à la hauteur d'un second étage et composé de cinquante musiciens. Au-dessous de l'orchestre, tout le fond de la salle était garni de glaces encadrées, comme l'estrade impériale, de portières de velours cramoisi, avec franges et embrasses d'or. A droite et à gauche de la salle, les murs étaient revêtus de mousseline blanche à laquelle une sous-draperie rouge prêtait un reflet rose, et bordée près du plafond de bandes de velours, parsemées d'abeilles d'or et des chiffres couronnés de Leurs Majestés. Dix grandes glaces étaient également posées sur cette tenture de chaque côté de la salle. Le plafond était formé d'une voûte à trois pans dont les frises bleues et oranges descendaient sur une mosaïque or, bleue et orange et venaient rejoindre la bordure de velours. Cinquante lustres dorés à plus de trente branches chacun projetaient dans la salle, autour de laquelle s'étendaient en gradins quatre rangées de banquettes élégamment revêtues d'etoffe, des flots de lumière éblouissants.

Un immense couloir, parallèle à la salle de bal, était consacré à la circulation des invités. Les murs en étaient garnis de guirlandes de buis et de fleurs rattachées de distance en distance par des oriflammes bleues, vertes et rouges parsemées d'étoiles d'or. Les pleins de chaque voûte étaient ornés des initiales couronnées de Leurs Majestés. De ce couloir on parvenait au buffet des invités par des portiques tendus de bleu. Le buffet était disposé tout autour de la cour intérieure du bâtiment des Facultés, dont les accacias éclairés à giorno produisaient un effet merveilleux. A droite du buffet et du couloir dont nous venons de parler se trouvait l'entrée des invités, dans la rue Lafayette, où ils étaient reçus dans une vaste antichambre par les commissaires du bal.

A huit heures précises, les portes de la

salle se sont ouvertes et la foule a commencé à y pénétrer. Bientôt la salle n'a pas tardé à être comble. Il serait difficile de retracer exactement le coup d'œil admirable que présentait cette brillante réunion. Cinq à six cents femmes, revêtues de toilettes d'un goût charmant, d'un luxe somptueux et d'une variété extraordinaire, garnissaient sur quatre rangs tout le pourtour de la salle jusqu'à l'estrade de la Cour. Le milieu était occupé par une masse compacte d'hommes, dont un grand nombre en costumes officiels. La profusion des bougies inondait de lumières tout cet ensemble et faisait ressortir d'une manière étonnante les tons et l'éclat des toilettes, que les grandes glaces posées aux deux extrémités de la salle reflétaient et répétaient à l'infini.

A dix heures un quart, un bruit lointain d'acclamations, qui arrive comme un écho dans la salle de bal, et ne tarde pas à grossir d'une manière formidable, vient annoncer l'arrivée prochaine de Leurs Majestés. La voiture impériale, escortée par les cent-gardes, ne peut cependant avancer que lentement au milieu de la Grand'rue pendant tout le trajet de la préfecture à la place de la Halle, tant la foule, qui s'est groupée sur sa route, est énorme. A mesure que le cortége pénètre dans cette haie vivante, les manifestations auxquelles elle se livre augmentent d'énergie et retentissent au loin. Enfin, à dix heures et demie, l'Empereur et l'Impératrice, accompagnés d'une suite brillante, font leur entrée dans la salle du bal. Aussitôt un immense cri de *vive l'Empereur ! vive l'Impératrice! vive le Prince impérial !* s'échappe de toutes les bouches. Par un élan irrésistible, les dames montent sur les banquettes et agitent leurs mouchoirs en se mêlant à cette acclamation imposante. Leurs Majestés répondent par les saluts les plus gracieux à cette manifestation unanime et prennent place sur le trône disposé sur l'estrade. L'Empereur porte le grand cordon de la Légion d'honneur, l'Impératrice une robe de soie rose, recouverte de tulle rattaché sur la jupe par des bouquets de lilas, une rivière étincelante d'émeraudes entourées de diamants et un diadème de diamants et d'émeraudes. Quelques instants après l'arrivée de la Cour dans la salle du bal, Leurs Majestés descendent de leur trône dans l'enceinte reservée et le quadrille d'honneur a lieu.

L'Empereur a dansé avec Mme Emile Gaillard, belle-fille de M. le maire de Grenoble; en face de l'Empereur, l'Impératrice avec M. le général Bourbaky. A droite et à gauche de Leurs Majestés : M. le général Lebeuf, avec

Mme la baronne Massy ; M. le général de Frossard, avec Mme Bourbaky ; M. le préfet de l'Isère, avec Mme la baronne de Sancy ; M. le maire de Grenoble, avec Mme la comtesse de La Poèze ; M. le premier président, avec Mme la comtesse de Reyneval ; M. le général Le Preudhomme de Fontenoy, avec Mlle Royer, fille de M. le premier président ; M. le vicomte de Barral, sénateur, avec Mme Bérard, femme de M. le receveur général de l'Isère ; M. Faugier, président du conseil général, avec Mme la comtesse Le Preudhomme de Fontenoy.

Le quadrille impérial terminé, Leurs Majestés sont remontées sur leur trône et les danses ont continué. Chacun a remarqué que l'Empereur causait fréquemment d'une manière intime avec l'Impératrice et que sa noble physionomie semblait exprimer la satisfaction d'un accueil aussi profondément sympathique. Une demi heure après, Leurs Majestés se sont levées et précédées des personnes de de la cour qui les accompagnent, Elles ont fait le tour de la salle, saluant tont le monde de la manière la plus affable. Alors les cris et les acclamations ont redoublé et il faut avoir été témoin de cette scène pour pouvoir s'en faire une idée. Ce n'était plus comme d'ordinaire un long vivat ; on eût dit que chacun voulait individuellement protester de son admiration pour le Chef de l'Etat et le remercier de son dévouement au bien général. Tous semblaient lui dire : « Sire, nous avons confiance en vous. Vous avez rempli l'espoir de la nation. Le cœur de la France bat avec le vôtre. Poursuivez, sire, cette noble marche qui a élevé si haut les destinées de l'Empire. »

Autant on admirait la dignité calme avec laquelle l'Empereur accueillait tous les hommages, autant on était heureux de voir la douce émotion que paraissait éprouver l'Impératrice. Chacun était ravi de cette grâce indicible qui attire irrésistiblement tous les cœurs. Leurs Majestés sont encore restées quelques instants au bal qu'elles n'ont quittées qu'à onze heures et demie au milieu d'une nouvelle explosion de vivats. La même foule qui s'était portée avant le bal sur le passage du cortége impérial en attendait le retour et n'a cessé de faire retentir ses acclamations jusqu'à l'arrivée de Leurs Majestés à la préfecture. En résumé, le bal a été magnifique; il fait honneur à la municipalité de Grenoble et aux commissaires qui l'ont organisé. M. le maire de Grenoble en a reçu du reste un précieux témoignage de la bouche même de l'Empereur, qui a daigné exprimer à l'honorable M. Gaillard sa satisfaction de l'organisation de cette fête.

Journée du 7 septembre.

Ce matin vendredi , à neuf heures moins un quart, le bruit du canon et le mouvement précipité de la population ont fait connaître à la cité que le moment était venu où Leurs Majestés allaient se séparer d'elle. Une dernière et complète ovation les attendait, car chacun a voulu encore une fois Les voir, Les acclamer, et toute la population s'était portée sur les quais , le cours Saint-André, le chemin de la gare et la gare elle-même dont on avait franchi les barrières. Le cortége impérial a quitté l'hôtel de la préfecture dans l'ordre même où il était arrivé mercredi. A mesure qu'il avançait au milieu de cette foule toujours grossissante , les cris de *vive l'Empereur! vive l'Impératrice! vive le Prince Impérial!* retentissaient avec un dernier degré d'énergie.

L'avenue et la cour de la gare ont été décorées avec autant de goût que de luxe par les soins de l'administration des chemins de fer du Dauphiné. Toute l'avenue est plantée de mâts vénitiens portant des oriflammes et des guirlandes qui les relient les uns aux autres sous des faisceaux de drapeaux. Ceux qui forment le cintre de la cour de la gare portent des aigles ainsi que les initiales couronnées de Leurs Majestés. Devant la porte d'entrée du pavillon principal, s'élève une immense tente de velours pourpre frangé d'or en forme de dais, supportée par quatre lances de tournoi de dimension gigantesque, semées d'abeilles et d'étoiles d'or. Des massifs de fleurs encadrent à droite et à gauche la porte d'entrée. Le vestibule et le salon d'attente sont également tendus de velours pourpre semé d'abeilles d'or et remplis de fleurs à profusion. On remarque dans cette dernière pièce le chiffre de l'Empereur couronné de lauriers, celui de l'Impératrice couronné de roses et de lilas, ainsi que les bustes de Leurs Majestés supportés par des consoles dorées. Les coins de la salle sont garnis par des massifs de fleurs. Une seconde tente protège sur la voie le passage du salon d'attente au train impérial.

Leurs Majestés sont arrivées à la gare à neuf heures au milieu des manifestations réitérées d'un enthousiasme inexprimable. Elles y ont été reçues par M. le duc de Valmy, président du conseil d'administration des chemins de fer du Dauphiné, les hauts dignitaires du département et de la ville, M. Picard, chef de l'exploitation, et par les autres chefs de service du chemin de fer. L'Impératrice, avant de monter en wagon, a voulu recevoir la bénédiction de Mgr l'évêque de Grenoble, et l'Empereur s'est approché de M. le maire pour lui redire, en lui serrant la main, combien il avait été satisfait de l'accueil de ses bons Grenoblois. C'est l'expression même dont s'est servie Sa Majesté.

L'Empereur et l'Impératrice ont encore une fois salué, avec une affabilité charmante, la multitude innombrable qui assistait à Leur départ, puis le train impérial s'est mis en marche, aux cris mille fois répétés de *vive l'Empereur! vive l'Impératrice! vive le Prince Impérial!* Uue émotion profonde s'était emparée de la foule en voyant partir Leurs Majestés, et on a remarqué un grand nombre de femmes dont les yeux étaient mouillés de larmes. Ainsi se sont terminées ces trois grandes et mémorables journées qui ont rendu plus forts encore et plus étroits les liens sympathiques qui attachent à l'Empire les populations dauphinoises et qui laisseront parmi elles des souvenirs ineffaçables.

Jeudi matin, le lendemain de l'arrivée de l'Empereur à Grenoble, au moment où l'horloge de Saint-André sonnait six heures, une jeune femme d'un extérieur simple et modeste, coiffée d'un chapeau rond que protégeait un voile vert, est descendue précipitamment par l'escalier intérieur de la préfecture. Arrivée sur le seuil du passage de l'Hôtel de Ville, elle a regardé timidement devant elle comme hésitant sur le chemin qu'elle devait suivre, puis prenant sa résolution elle a disparu sous le passage qui conduit à l'église par la petite rue Derrière-Saint-André. Là elle est entrée, a sorti un livre d'heures et s'agenouillant pieusement au milieu de quelques personnes, elle a entendu, dans le plus profond recueillement, une messe basse qui venait de commencer. L'office divin terminé, elle a fait le signe de la croix, s'est levée, puis elle a disparu. Elle a parcouru ensuite rapidement diverses rues du même quartier, et est rentrée à la préfecture par l'escalier d'où on l'avait vue descendre une demi-heure auparavant.

Cette jeune femme qui sortait à cette heure matinale pour aller prier Dieu avec tant de piété et de recueillement, qui s'abandonnait seule avec tant de confiance au milieu d'une population et d'une ville qu'elle paraissait connaître à peine, cette femme, nos lecteurs l'ont deviné, était l'Impératrice Eugénie.